* 9 7 8 7 3 9 3 9 1 2 3 5 6 *

دار حروف منثورة للنشر والتوزيع

الطبعة الأولى

الكتاب: جنون شهرازد

المؤلف: منال عبد الحميد

تصنيف الكتاب: رواية

تصميم الغلاف: فريق الدار

تنسيق داخلي: فريق الدار

مراجعة لغوية: عبد المعز صفوت

رقم الإيداع: 2021/26352م

الترقيم الدولى:

مؤسس الدار

مروان محمد

Website: https://horofbooks.com
Fan page: http://facebook.com/horofsbooks
Email: info@horofbooks.com

هاتف جوال: 00201113006296 – هاتف جوال: 00201064054995

كتب حروف منثورة للجيب

سلسلة الأيارو للفانتازيا

جنون شهرازد

إحدى عشرة ليلة

العدد الأول

منال عبد الحميد

بعد عامين وتسعة أشهر من الزواج وألف ليلةٍ من الحكايات، هربت (شهرزاد) من قصر (شهريار)؛ فقد فرغت جعبتها من القصص وسئمت من الحياة مع شهريار، تلك التي تعيشها على حد سيف يمكن أن يطيّر رقبتها في أية لحظة.. فحسمت أمرها ولاذت بالفرار!.

وهكذا انتهت الليالي الألف الأولى، التي احتفت بها كتب التاريخ وقدَّستها كتب التراث؛ لتبدأ الليالي الألف الثانية، تلك التي ستكونون أنتم أول من يقرؤها، أو حتى يسمع عنها!.

شهريار: حاكم المملكة الشاهنامية الدموي شاذ العقل.. ضيف شرف السلسلة

شهرزاد: زوج (شهريار) الأخيرة والراوية البارعة.. ضيفة شرف السلسلة

روكسان: ابنة شهريار الوحيدة من شهرزاد

الرافة: الخادم المخلص لشهريار وأسرته

عون: طبيب القصر الشاهنامي

دهريار: ملك بلاد (الأفلاق)، أخو شهريار وعدوه اللدود

عرافة (عيلام): عرافة شابة بارعة، ورثت التنبؤ عن أمها، لها قدرة خارقة على رؤية المستقبل

الوزير عبدان: وزير شهريار المخلص.. ووالد شهرزاد

قودان: السيّاف

بهادر: رجلٌ قصّاص

خامان وبادان: ابنا القصاص بهادر

البختيار مادان: خان بلاد (البغدان).. صديق مقرب لـ (دهريار)

المرزبان خشيرشا: خان بلاد بكتيريا

جوماتا وقنزو: ابنا المرزبان خشيرشا

أرتكزر: شطربة ميديا

مجابز: قائد جيوش بكتيريا

خامانيس: أفاق يدَّعي عرش دهريار بعد موته

إبريز وأيئديز : توأمان يتمتعان بقدراتٍ خارقة

شروان : فتاة شبيهة بـ (روكسان)

بلاد الأفلاق ـ المملكة الشاهنامية ـ جبال بغ ـ بلاد البغدان ـ بلاد بكتيريا ـ بلاد ميديا ـ بلاد أراخوزيا ـ سرديس ـ كيشمار ـ بلاد قرقار ـ الجاتيه ـ هيمرا

بعد عامين وتسعة أشهر من الزواج، وألف ليلة من الحكايات، هربت (شهرزاد)!.

حملت طفلتها (روكسان) وغافلت الحرَّاس حول القصر، وتسللت هاربة؛ فقد فرغت جعبتها من القصص والحكايات، وسئمت من الحياة مع (شهريار)، تلك التي تعيشها على حد سيفٍ يمكن أن يطيِّر رقبتها في أية لحظة، فحسمت أمرها.. ولاذت بالفرار!.

****

في الصباح الباكر استيقظ شهريار على غير عادته؛ صرخ مناديا (الرافة)؛ خادم جناحه الخاص ورئيس خدم القصر.. وجاء الرافة مهرولًا على عجل، وانحنى أمام مولاه الراقد على الفراش، حتى كاد أنفه يلامس الأرض:

ـيارافة، أين سيدتك؟

سأل شهريار بصوتٍ هادئ ناعسٍ إلي حد ما فأجاب الرافة على الفور:

ـفي مخدعها يا مولانا!

هرش شهريار لحيته الكثَّة المتمادية بظاهر يده؛ ثم صاح في صوتٍ آمر:

ـفلتأتِ إلى هنا من فورها.

فأجاب الرافة:

ـأمرك يا مولانا.

واصل شهريار رافعًا سبابته في إنذار:

ـولتُحضر معها ابنتنا الأميرة (روكسان).

ـأمرك يا مولانا.

فأشار شهريار بيده معطيًا الإذن للرافة بالذهاب وقال:

ـفلتذهب

وما إن خرج الرافة وأغلق خلفه باب المخدع الضخم، حتى بان على وجه شهريار الألم العميق، وأمسك صدره ورقبته بكلتا يديه، وتقبضت ملامحه، حتى لو كأنه يهصر هصرًا بين شقي رحى، وثقلت أنفاسه، ولكنه؛ شيئًا فشيئًا استعاد منظره الطبيعي مع خفوت الألم تدريجيًا، ثم نفخ شهريار في ضيق، وهتف بصوتٍ متوسل:

"أمهلني حتى أتمها يا رب!"

****

وكان شهريار قد عانى ألمًا مبرحًا في صدره ذات ليلة، وهمَّ أكثر من مرة باستدعاء الطبيب، ولكنه كظم آلامه؛ حتى لا تشعر به شهرزاد التي كانت بجواره هذه الليلة؛ وتصبر حتى الصباح، وما إن انبلج أول خيطٍ من خيوط الفجر حتى أرسل في طلب الطبيب (عون)، وجاء الطبيب، وقام بالكشف على مولاه، فتغير لونه، ولم تعد ملامح وجهه تبشِّر بالخير:

ـماذا وجدت أيها الطبيب (عون) ؟

سأل شهريار قلقًا فتنحنح الطبيب وقال، وهو يحاول إخفاء ارتباكه الشديد:

ـمولانا بخير.. ولكنه.. لكنه بحاجة إلى قليل من الراحة.. وبعض الدهانات!.

ولمح شهريار على وجه الطبيب شيئًا غير طبيعي، فتكدَّر صفوه وثارت مخاوفه، وأمر الطبيب في لهجةٍ لا تقبل

التأويل أن يصارحه بالحقيقة كاملة، من دون مواربة، فتشجَّع الطبيب واستجمع عزمه، وألقى في وجه مولاه بالحقيقة المروِّعة.. وعرف شهريار أنَّ أيامه الباقية في الدنيا صارت معدودةً ومحدودة!.. وفزع شهريار، وصار ضحيةً للخوف والكابوس، وافترسته الأوهام، وعلقت بذهنه صورة واحدة، أصبحت لا تفارقه في صحوه ونومه، صورة ابنته الوحيدة روكسان، والعجيب أنَّه لم يكن يتذكرها إلا وتطرق ذهنه في نفس اللحظة صور ضحاياه من الفتيات، فهل يجرى القضاء عليه بالموت غدًا ويذهب عرشه إلى أخيه (دهريار)، وتقع روكسان وأمها تحت رحمته، أو على الأصح، تحت عدم رحمته؟!

وهكذا الإنسان لا يتفكَّر فيما جنته يداه، حتى إذا حم القضاء شغله مصير أحبابه.. وهل رحم هو الفتيات البريئات حتى يطلب الرحمة لزوجته وابنته؟!...

وجنَّ جنون شهريار وطار عقله شعاعًا، وأوحى له جنونه القديم الذي لم يبرأ منه بتاتًا بأنه من الخير لروكسان وأمها أن تموتا عزيزتين، أفضل من أن تعيشا ذليلتين أو يلطخهن العار، وليكون ذلك بيده هو!..

وأخيرًا قرَّ رأى شهريار على أن يأمر بقتل شهرزاد وابنتهما روكسان!..

أما (شهرزاد) فكانت منذ عشرة أيام ـأوعشرة ليالٍ ـقد بدأت في حكاية (ملك دنيا)، الذي حاز مُلك عشرة بلاد، وامتلك ثلاثة جبال من الذهب وجبلين فضة، ومائة ألف ألف (دن) من زيت الزيتون، وكان له قصرٌ مقام على ألف فدان؛ له عشر قبابٍ من الذهب الخالص؛ ترمز كل واحدةٍ منها لبلد من التي يحكمها؛ وعشرون بابًا من الفضة الخالصة، وألف بابٍ من خشب الأبنوس، وكان مطبخ قصره يستهلك في اليوم الواحد ألفي رأسٍ من الماعز والغنم، وألف رأس من الثيران والأبقار وخمس آلاف دجاجة وإوزة، وثلاثة آلاف من اليحامير، وعشرة أحمال من التوابل الهندية الفاخرة!

وكان لـ(ملك دنيا) ست آلاف حظية وعشرون ألف جارية، ومائتا زوجةٍ من بنات الملوك، وسبعون ابنًا ذكرًا ومائة ابنة أنثى!.. وفجأة قرر ملك دنيا أن يقيم حفلًا لزفاف ابنته الكبرى (مرمورين)، وأعلن أنه يريد أن يكون أعظم حفلٍ في التاريخ، وأرسل يستدعي المغنيين والراقصات من جميع الممالك، وأنفذ المنادين يعلنون عن الولائم الحاشدة التي ستستمر أربعين يومًا قبل الزفاف، وأربعين أخرى بعده، وفي صباح اليوم التالي مُدت الأسمطة في الشوارع، وجيء بالصحاف الضخمة من القصر؛ مكدسة باللحوم والأطعمة المتبلة؛ وأقبل الرعايا على الطعام، وظل بعضهم

يأكل حتى أوجعته معدته، وبعضهم الآخر أصيب بانتفاخٍ شديد وقضوا بقية اليوم يتلوون من الألم!

واستمرت الولائم تسعًا وثلاثين ليلة، وفي الليلة الأربعين أقيم حفل الزفاف، وزاغت عيون الناس من هول ما رأوا، ووسط الغناء والرقص واستعراضات الأفيال والثيران، قام رجلٌ نحيل كث اللحية ودخل بهدوءٍ إلى قاعة العرش؛ التي حُفرت في زمردةٍ واحدة مطوقة بعروقٍ من الذهب الخالص، ثم جال ببصره وسط الراقصات والمغنيين حتى وقع على (ملك دنيا)، وقد جلس على عرشه الذي يزن مائة قنطار من الذهب وتعلوه بيضة رخ، وتوجه الرجل الغريب بهدوءٍ نحو مجلس ملك دنيا حتى منعه الحراس من التقدم أكثر من ذلك، وصاح الغريب صيحةً واحدة فخرست الموسيقى الصادحة، وكفَّ نقر الطبول وسكتت المزاهر، وانعقدت الألسن وشحبت الوجوه، وتوجهت الأبصار بقوة جاذبية لا تُقاوم نحو الرجل الغريب وتعلقت به ..

قال الرجل الغريب:

ـيا (ملك دنيا)... يا ملك الأرضين، وحاكم المشرقين والمغربين... اعدل.

ـويحك!

صاح ملك دنيا، وهبَّ واقفًا وقد اكتسى وجهه بحمرةٍ قانية، وغلى صدره بغضبٍ شديد:

ـويحك يا هذا.. من تكون؟

ـ يا ملك دنيا، كيف تسأل الغريب عن اسمه، وأنت لا تعرف نفسك ولا تعرف اسمك الحقيقي؟!

ـتبًّا لك! وهل في الدنيا من يجهل اسم ملك دنيا يا معتوه؟!
ـأنت لست ملك الدنيا، أنت عبدٌ مارق
ـعبد؟!
ـأنا رسول الإله إليك، ارجع يا ملك دنيا، وخفِّف عنك حملك!
وهنا وصل غضب ملك دنيا إلى قمته فصاح؛ وقد تخضَّب وجهه بحمرةٍ شديدة:
ـاقبضوا على هذا المخبول!
وعندئذٍ حدث ما أثار الذعر في القصر الفسيح، فما إن صدع الحراس بأوامر ملك الدنيا وأقبلوا على الرجل الغريب ليقبضوا عليه، حتى تلاشى في الهواء، وكأنه خيط دخان، ودبَّ الذعر في النفوس، وكان أكثر الجميع فزعًا وذعرًا هو (ملك دنيا) نفسه، الذي مرَّت عليه هذه الليلة كأسوأ ما تكون الليالي!..
وفي الصباح أمر ملك دنيا جميع الجند والحرس والخدم بأن يقلبوا الممالك بحثًا عن رجلٍ صفاته كيت وكيت، وأدلى لهم بأوصافٍ بالغة الدقة للرجل الذي كدَّر صفوه في ليلة زفاف ابنته، ولا عجب في ذلك؛ فقد حُفرت صورة الرجل الغريب في ذهن ملك دنيا.. ولم تعد تفارقه، لحظة واحدة!.

جن جنون (دهريار) ـ شقيق شهريار ـ حينما علم من عيونه وجواسيسه في قصر أخيه بنبأ حمل (شهرزاد)، وخشي أن تضع ولدًا فتكون القاضية، ويرث ابن أخيه المُلك دونه! ..

وحمله خوفه الشديد على اللجوء إلى (عرافة عيلام)، رغم مقته الشديد لها، وأرسل دهريار؛ من مكانه في عاصمة بلاد (الأفلاق) مَن يستدعيها من جبال (بغ)..

ولكن العرافة الملعونة أرسلت إليه جوابًا مهينًا؛ مؤداه أنها في فترة حدادٍ على موت ولدها (سينون)، وإنها لا تهبط لمقابلة أحد وهي في أيام الحداد، ومَن أرادها فليذهب إليها في مكانها،

وغلى صدر (دهريار) غيظًا؛ لكنه قرر الذهاب إلى العرافة الملعونة ليعرف مصيره، ولو غامر في سبيل ذلك بالصعود إلى جبال(بغ)، وبعد تردد قصير حسم دهريارأمره، وأمر خدمه فأعدوا له مؤونةً تكفيه شهرًا، وستةً من الخيول المسرجة وعددًا كبيرًا من الحمير المحملة بالألطاف والهدايا، بالإضافة إلى جواده الخاص (فادان)، وفي صباحٍ أغبر مليء بالضباب من شهر (أيل) أقلع الركب الميمون متوجهًا إلى (آرام)، ومنها إلى جبال (بغ)، التي وصلها في منتصف شهر (موي)، وبلغت أنباء رحلة دهريار أسماع عرافة عيلام، فأرسلت من يبلغ (الشاهان) بأن يترك الركب أسفل الجبل ويتخلى عن صهوة جواده، ويأتيها فردًا ماشيًا على قدميه!..

واجتاح إعصارٌ من الغضب صدر دهريار واحتقن وجهه؛ وهي عادته إذا انتابه الغضب الشديد؛ حتى كاد يفتك برسول العرافة، ولكنه ما إن هدأ قليلًا، واستعاد رباطة جأشه، حتى أدرك عمق الهاوية التي كاد يتردى فيها بتفكيره في قتل رسول (عرافة عيلام) لردِّ الإهانة التي لحقت به، وفي اليوم التالي -وبعد مدافعةٍ عظيمة لنفسه الثائرة- أرسل دهريار يستدعي رسول العرافة، فلما مَثَل الرجل بين يديه ولثم الأرض بين قدميه، قال له بصوتٍ أجش مخيف:

ـأبلغ العرافة اللعينة بأنني قادم إليها، على الصورة التي تريدها، ولكن حذارِ من الغدر.

فابتسم الرسول ابتسامةً خبيثة وقال متصنعًا الخضوع:

-ولقد أمرتني سيدتي بأن أصحب مولاي الشاهان المعظم إلى مقرها.

ثم انحنى الرسول بحركةٍ تمثيلية وأضاف:

- وأكون رهن أمره.

ولما فرغ الرسول من قوله قطب دهريار جبينه وانعقد حاجباه ثم قال:

- حسنًا، ولكن ليكن ذلك من أقصر الطرق، ولا داعي للمرور على مرتفعات الجان؛ أو مكامن العنقاء، فأنا في عجلةٍ من أمري، وأبغي العودة إلى مقر مُلكي بأسرع ما يكون .

ومرة أخرى انحنى الرسول وأجاب:

ـلمولاي ما يأمر

ولم يلبث الشاهان أن غادر المعسكر الذي أقامه مرافقوه بصحبة رسول عرافة عيلام، وخرج الاثنان منفردان بدون حراسة من المعسكر.. وكان الوقت أصيلًا والشمس تتوسط كبد السماء وترسل شواظًا من نار على الجسدين المتحركين على الطرق الجبلية العسيرة المسالك، وما إن انبثق القمر وبرز من خلف الغبش الثقيل حتى كان الاثنان -رسول عرافة عيلام ودهريار- قد وصلا إلى قمة جبل من جبال (بغ) يسمى (آرام)، حيث مقر عرافة عيلام.

كانت عرافة عيلام كما رآها دهريار آخر مرة، امرأة نحيلة عجوز مقوَّسة الظهر خشنة الملامح، تُقارب الرجال إلى حدٍّ بعيد، ذات صوتٍ واهن، وعضلات عينها اليسرى ميتة، مما جعلها ترتخي ولا تقدر على رفع جفنها، وعينها المتبقية ترسل نظراتٍ خبيثة متنمرة كنظرة الذئب في أعلى الأجمة إلى أرنبٍ يسعى تحته، هكذا كانت الصورة التي انطبعت في ذهن دهريار عن عرافة عيلام، والتي ساهمت في جعل كراهيته لها مزدوجة؛ فقد كان في البداية -قبل أن يراها- يمقتها لأجل سلاطة لسانها وتقديس شعب الأفلاق لها، وكذا النبوءات السوداء التي تنبأت له بها وحدثت كلها، وكانت عرافة عيلام هي التي تنبأت بأن الشاهنشاه الأكبر سوف يؤثر ولده الأصغر شهريار بالعرش دونًا عن بقية أولاده وعلى رأسهم ولده الأكبر دهريار، ولكن الأخير بعد أن رأى عرافة عيلام رأي العين صار يكرهها مرتين؛ مرة لشخصها ونبوءاتها السوداء التي لا تخيب، ومرة لصورتها الكريهة!

****

وكان مقر عرافة عيلام في أعلى نقطة من جبال بغ، تحدُّه زوايا حجرية ضخمة، والمقر نفسه بناءٌ غريب الشكل، عبارة عن حصنٍ مشيد بكتلٍ ضخمة من الأحجار، وله برج .. ولكن البناء كان مقلوبًا، فكان المبنى يرتكز على البرج الذي كان من أسفل!

وعندما وصل دهريار والرسول إلى المبنى القائم في مواجهتهما اكتشف أن المبنى ليس له أبواب أو فتحات، لا من أعلى ولا من أسفل!.. فدهش ونظر إلى رسول العرافة نظرةً متسائلة، فابتسم الرسول تلك الابتسامة الخبيثة المقززة، ثم أخذ بيد الشاهان ودار به حول البناء، حتى وصلا إلى مكانٍ غائر في الصخر، وبه حفرة صغيرة بحجم قبضة اليد تمامًا، وأدخل الرسول يده في الحفرة الصغيرة واستخرج مفتاحًا بالغ الصغر، وعادا إلى المكان الأول - الذي كانا يقفان فيه من قبل- ودسَّ رسول العرافة المفتاح في إحدى حبات عنقودٍ من عناقيد العنب مرسوم على الصخر، فإذا بصخرةِ الواجهة العملاقة تتحرك محدثةً صوتًا مدويًا جعل دهريار يجفل ويتراجع إلى الخلف، واستمرت الصخرة تتحرك، ثم ارتفعت إلى أعلى كاشفةً عن ممرٍ متسع بعيد الغَور يكتنفه بهوان، لم يرَ دهريار في حياته مثلهما!

وابتسم الرسول بفخرٍ عندما رأى علامات الدهشة والخوف على وجه دهريار، واقتاد الشاهان من يده واجتاز به الممر بالغ الطول، ثم صعدا سلمًا حجريًا ملتويًا، وعبرا سراديب رطبةً مظلمة قبل أن يدخلا إلي قاعةٍ واسعة تضيئها آلاف المشاعل، وفي الوسط استقر طبقٌ

كبير به أعواد مشتعلةٌ تطلق رائحةً ذكية؛ وتقف بجواره شابةٌ حسناء لم يرَ دهريار في حياته مَن هي أجمل منها.. وعرف أنها عرافة عيلام.. الجديدة!

****

تجمد دهريار في مكانه لحظةً، ولم يستطع منع عينيه من التحديق في الفتاة الحسناء والتهام مفاتنها البارزة بروزًا مخجلًا، وبشقّ الأنفس تمكّن من السيطرة على نفسه ووجد صوته ليقول

- أين عرافة عيلام؟!.

فأجابت الفتاة بنبرةٍ فاتنة:

- في خدمة مولاها

- ولكن أين هي؟!

فابتسمت الفتاة وقالت وهي تسأل نفسها أيَّ نوعٍ من الأغبياء:

-هي أمامك!

وتساءل دهريار وهو يرمق الرسول الواقف خلف ظهره بنظرةٍ نارية:

-أأنتِ هي؟!

فانحنت الفتاة وهى ترد قائلة:

-أجل

-ولكن، أنا أعرفها.. وأنتِ لستِ هي!

ومرةً أخرى ابتسمت الفتاة، وأجابت قائلةً:

-بالطبع أنا لستُ هي، أنا ابنتها، لقد صعدت أمي إلى الإله، وحللتُ أنا محلها في خدمة شعب الأفلاق، ومولاي ملك الأفلاق، وليَ الشرف.

ـآه، ولكن رسولك الهمام لم يبلغني بشيءٍ من هذا كله!!
فردَّت الفتاة؛ وهى ترمق الرسول بنظرة احتقار:
ـإنه ليس رسولي أنا بل رسول أمي، وما كنت لأرسل
مخلوقًا حقيرًا ليحادث مولاي بالنيابة عني وانحنت وهي
تضيف:
- بل آتي بنفسي، وأضع نفسي تحت أمر مولاي
فسُرَّ دهريار من جوابها، وابتسم لأول مرةٍ منذ علمه
بالخبر الذي أقض مضجعه، وتساءل:
- وهل تستطيعين أن تقومي بما كانت تقوم به أمك؟
ـبل وأكثر مما كانت تقوم به، وبعد أن يتفضل مولاي
بالجلوس، فسوف أثلج صدره بما عندي له.
وأشارت العرافة الجديدة بإصبعها، فغادر الرسول المكان،
وبقى دهرياربمفرده، مع العرافة الحسناء:
- وهل تعلمين بما جئت إليكِ من أجله؟!
فابتسمت عرَّافة عيلام باستهانة وأجابت قائلة:
ـدعني أخمِّن، مولاي قلق لما بلغه من أنباء حمل
شهرزاد!
أُخذ دهريارقليلًا ثم أردف:
ـوما قولك؟
ـقولي الفصل، ولن يأتيَ من عالم الغيب ما يكدِّر صفو
مولاي، لتسعة عشر عامًا قادمة
ـحتى ولا المولود الذي ستضعه اللعينة لأخي؟
ـاللعينة ليست هي التي سوف تضع.. بل شهرزاد
ـوأنا أتحدث عن شهرزاد
ـآه، لقد اختلط الأمر عليَّ، وحسبتك تعنيني أنا!

ـأنتِ؟!

ـنعم، ألم تلقبني باللعينة من قبل؟ أو لم تقل لرسول أمي: أبلغ العرافة اللعينة بأنني قادم إليها على الصورة التي تريدها؟!

وصمتت العرافة، بينما علت الدهشة البالغة وجه دهريار، وتيقن بأنه أمام عرَّافة بارعة، وإلا فكيف عرفت ما قاله لرجلها، على بُعد آلاف الفراسخ منها والرجل ـالرسولـ لم يختل بها لحظةٍ واحدةً، ليخبرها بما قاله عنها؟!

وابتلع دهريار ريقه بصوتٍ مسموع وسأل:

ـوكيف عرفتِ أنني قلت ذلك؟!

ـألم تقله حقًا؟

ـبل قلته

ـإذن فما دمت قد قلت، فلا يهم كيف عرفت أنا بذلك، المهم....

قالت العرافة ثم صمتت طويلًا بينما كان قلب دهريار يرتجف خوفًا

ـ المهم هو ما جئت من أجله، وأعتقد أنك يا مولاي في عجلةٍ من أمرك، وتودُّ أن ترجع إلى عاصمة ملكك بأسرع ما يكون..

ومرة أخرى ساد الصمت الطويل، وبعد عدة رشفات من كوبٍ ذهبي في يدها، أردفت عرافة عيلام (ديدامونا):

ـإذن فلترجع يا مولاي، طيب القلب صافي الأديم، فاللعينة سوف تلد بنتًا، والعرش سيخلُص لك طويلًا.

وهب دهريار واقفًا وقد كاد قلبه يقفز في فمه فرحًا، وتدفق الدم حارًا إلى وجنتيه فتوردتا، وإلى أذنيه فأحس فيهما صفيرًا شديدًا:
ـ بنتًا؟ أحقًا ما تقولين؟!
ولم تجب عرافة عيلام، بل اكتفت بإحناء رأسها بالإيجاب، فتبسم دهريار وطفحت السعادة على ملامحه.. ولكن سروره غاض فجأةً حينما تذكَّر باقي قول العرافة:
"وسيخلُص لك العرش طويلًا"
ودبَّ القلق فجأةً في نفسه، وانسحبت الدماء هاربةً من وجنتيه، فلماذا قالت العرافة الملعونة (طويلًا)، ولم تقل (دائمًا)؟!
وقفز التساؤل إلى عيني الشاهان الموسوس، وقرأته (ديدامونا) بوضوح في مقلتيه فقالت بصوتٍ عميق يحمل نبرة تحذير:
ـ أجل، سوف تكون بنتًا، ولكن ليست كأي بنتٍ أخرى.. سوف تكون(روكسان)..
ـ وهل هذا هو اسمها؟
ـ أو ما سوف يكون اسمها، ولا يهم الاسم؛ بل الأهم هو الفعل
ـ الفعل؟ وماذا سوف تفعل الأنثى؟!
فابتسمت عرافة عيلام لقول الشاهان ضيق العقل باستخفاف وأجابت:
ـ لا تسخر من النساء أيها الشاهان، ولا تستقل بقدراتهنَّ، وانظر حولك إذا شئت لترى ما تستطيع النساء فعله!
وشحب وجه دهريار بشدة وتساءل بحيرة:

-إذن؟

- إذن فليعد مولاي إلي مقرّه بسلام وينعم بالسرور، وينتظر بأناةٍ وبغير تعجل ما سوف تأتي به الأيام، وليكونن أكثره خيرًا له وسرورًا لقلبه.

وأذن اللقاء بين عرافة عيلام (ديدامونا) والشاهان (دهريار) بانتهاء، ولكنه ـوإن كان أول لقاء بينهماـ إلا أنه لم يصبح الأخير.!

لم تكن شهرزاد تعرف ملجأ أمينًا تلوذ به بعد خروجها من القصر الشاهنامي؛ فقصر والدها الوزير (عبدان) لا يصح أن تلجأ إليه الآن وتعرِّض حياة أبويها وإخوتها للخطر من جانب الشاهنشاه، إضافة إلى أنه أول مكانٍ سوف يبحث عنها فيه رجال شهريار، أما بيوت صديقاتها من سيدات القصور، فلا يمكن أن تؤويها طويلًا، كما أن لجوئها إلى بيتٍ من بيوت علية القوم يعتبر فكرةً غبية وفي منتهى السخافة، لأنَّ أول ما سيفعله هؤلاء، هو أن يرسلوا بخبر وجودها لدى أحدٍ منهم على جناح السرعة إلى شهريار، وتحيرت شهرزاد وبدأت عزيمتها تفتر، واستولت عليها فكرة الرجعة، ولكنها ما لبثت أن قلَّبت الفكرة على وجوهها، فلما تيقنت من استحالة عودتها سالمةً للقصر الشاهنامي توقفت وقالت لنفسها:

"لو أنني عُدتُ الآن لأصبحتُ طعمة سائغة قريبًا لسيف (قودان) السياف؛ فقد انتهت آخر حكايةٍ كنت أعرفها، ونفد ما كان بجعبتي من الحكايات.. إضافةٌ إلى أنهم قد أحسوا بالتأكيد بغيابي من القصر الآن".

ولم تكد شهرزاد تنتهي من قولها لنفسها حتى فوجئت بضجةٍ منكرةٍ تشتعل من حولها، وما لبث أن ظهر لعينيها ـعلى مسافةٍ قريبةٍـ رجلٌ غريب الشكل، يرتدى أسمالًا فاقعة الألوان، مبهرجة إلى حد كبير، ويضع على وجهه ستارًا كثيفًا من ألوان متنافرة، متباينة أشد ما يكون التباين، وكان الرجل ينفخ في شيءٍ طويل أسطوانيُّ

الشكل، فينبعث منه صوتٌ عالٍ مزعج، وأخذ الرجل يتقافزُ كالقرد وينفخ حينًا، ويصفِّق حينًا، ثم ينادي بصوتٍ عالٍ:
ـ أقبلوا.. أقبلوا.. حكايات.. حكايات.. اسمعوا الحكايات!.
وما زال الرجل ينفخ ويصفق وينادي حتى تجمَّع حوله نفرٌ عظيم وخلقٌ كثيرون، وأحدثوا بدورهم ضجةً جديدةً، وزادوا الضجة الأولى عنفًا،

وأنكرت أذنا شهرزاد ـالتي اعتادت الصمت والسكون وأصوات المزاهر الرقيقة الحالمةـ هذه الضجة الشعبية البدائية، وتحولت إلى الجهة الأخرى لتواصل سيرها، ولكن ما لبث خاطرٌ ما أن برق في ذهنها الخاوي، فهدَّأ نفسها وهدهد مخاوفها، وأرسل ببسمةٍ سعيدة إلى شفتيها المكتظتين، وما لبثت شهرزاد أن عادت أدراجها، وجلست وسط الناس على الأرض، وقد عقدت العزم على أن تلازم هذا الرجل.. وتتبعه حيثما يذهب!.

****

وبقي الجمع ملتفًا حول الرجل عدة ساعاتٍ، ومن بينهم شهرزاد، وقد أرهفوا آذانهم وأطبقوا أفواههم، فقد كان الرجل ـرغم منظره المُبتذلـ محدثًا بارعًا لبيبًا فصيحًا، يعرف متى يتكلم فيأخذ بمجامع القلوب، ويعرف متى يسكت فيلهب خيال الناس ويشعل فضولهم؛ لذلك لم يجرؤ واحدٌ من المستمعين إليه على مقاطعته، والتفوُّه بنصف كلمة،

واستمر الرجل يروى ويقصُّ، والناس من حوله وكأنَّ على رؤوسهم الطير، فلما انفضَّ الجمع أخيرًا وانفرط عقد الجمهور، وذهب كل منهم إلى حال سبيله، كانت شهرزاد

أكثر الناس رغبةً في أن تبقى مكانها إلى الأبد، لتسمع حكايات الرجل الشائقة، التي عنيت بحساب عددها فوجدتها عشرًا، فلابد إذًا أنَّ هذا الرجل راوٍ عظيم الخيال لا تفرغ جعبته أبدًا، وإلا لما جرؤ على أن يروى عشر حكاياتٍ في يومٍ واحد، مارًّا سريعًا على التفاصيل؛ فلابد إذا أن جعبته ممتلئة عن آخرها بالحكايات الجميلة، وإلا لما وجد ما يحكيه للجماهير غدًا، وتذكرت شهرزاد حينئذٍ كيف كانت تخوض ـعندما تحكي لشهريارـ في أتفه تفاصيل الحكاية، وتطيل فيها ما وسعتها الاستفاضة أملًا في إطالة أمد كل حكاية لأطول وقتٍ ممكن! وتذكرت أيضًا أنها في ألف ليلةٍ لم تحكِ لشهريار سوى عشر حكاياتٍ فقط ! وأن إحدى هذه الحكايات استمرَّت في روايتها مائة وعشرين ليلة، مستعينة بأدق وأبسط التفاصيل، مع أنها ـ في الواقعـ لم تكن لتستغرق سوى عشر ليالٍ،

فالحمد لله أنَّ شهريار الغبي البليد تلقى تعليمه المتواضع على يد أغبياء قصر أبيه الشاهنشاه الأعظم، ولم يتلقه على يد الإخباريين، ولابد إذًا أنَّ هذا الراوي رجل واسع الخيال ذلق اللسان، ولابد لها من التعرف عليه وتلقي الأخبار على يديه، ولذلك فما أن جمع الرجل حاجياته ومزاميره وهمَّ بالانصراف، حتى كانت شهرزاد تتتبعه عن كثب!

****

قطع الرجل العجيب مسافاتٍ طويلة متوغلًا في أطراف المدينة؛ ثم اجتاز السوق الكبير ـالذي يقع جنوب شرقي المدينة الكبيرةـ واتجه نحو غابةٍ كثيفة، ذات أشجارٍ

ضخمة ملتفة وتوغل داخلها لمسافاتٍ بعيدة، وكان كلما ازداد توغلًا في الغابة ازدادت الأشجار كثافةً، حتى أصبحت تحجب نور الشمس تمامًا عن أرض الغابة، التي أصبحت أكثر إظلامًا، وكلَّت قدما شهرزاد ـالتي كانت في إثر الرجلـ ووجب قلبها تعبًا وإرهاقًا .. وعلى حين غِرَّةٍ خرجت صرخة مدوية منها!

صرخت شهرزاد رعبًا عندما وثب حيوانٌ صغير غريب الشكل من فوق إحدى الأشجار العالية وسقط على كتفها، فروَّعت شهرزاد، التي لم يسبق لها رؤية مثل هذا المخلوق من قبل، وانتبه الرجل الذي كان يسير أمام شهرزاد وعلى مسافة أمتارٍ منها لصراخها، وجرى نحوها بكل ما يملك من قوةٍ محاولًا إغاثتها، فلما وصل إليها وجدها في حالةٍ يرثى لها من الرعب والفزع، وهي تحاول أن تبعد هذا الحيوان الغريب عن كتفها، وقد أصابها ما يشبه الهيستيريا وسقط النقاب عن وجهها، وزاد من صعوبة الأمر أن (روكسان) الصغيرة قد استيقظت فزعة على صرخات أمها وحركاتها المائجة، وراحت تصرخ هي الأخرى..

هرول الرجل نحو المرأة التي تستغيث هي وطفلتها، وذبَّ الحيوان الصغير عن كتفها بواسطة عصًا صغيرة في يده، فسقط الحيوان الصغير على الأرض وجرى مبتعدًا في قفزاتٍ سريعة.. ولكن بعد أن كان قد قفز على وجه روكسان الصغير ونشب مخالبه فيه!

حاول الرجل تهدئة المرأة المفزوعة وطفلتها، واقتاد المرأة ـالتي لم يكن يعرف من تكونـ من يدها وخرج بها

من وسط الأشجار الكثيفة إلى رقعةٍ منبسطةٍ من الأرض تحيط بها شجيراتٌ صغيرة، لم تستطع أن تحجب نور الشمس عنها فسلطت عليها الشمس نورًا وحرارة قويين، وكان بها كوخٌ وجدول ماءٍ جميل صغير يلعب حوله طفلان، ما أن رأيا الرجل قادمًا وخلفه شهرزاد حاملة طفلتها حتى هرولا إليه، والقيا بأنفسهما في أحضانه..

وخرجت الزوجة من الكوخ المبني من جذوع الأشجار لاستقبال زوجها، فلما وقع بصرها على المرأة الغريبة وطفلها المغطى بين يديها، نظرت إلى زوجها نظرةً طويلة متسائلة، وكأنها تقول له

"مَن هذه المرأة؟! حذارِ أن تكون قد جئتني بزوجةٍ أخرى!"

فأسرع الرجل يجيب على تساؤل زوجته الصامت قائلًا:

ـ هذه سيدةٌ غريبة عن المدينة، وقد وفدت إليها اليوم فأحاط بها اللصوص، وسرقوا حاجياتها وضاعت أمتعتها، وهي تريد مكانًا تأوي إليه هي وطفلتها، ريثما تدبر أمورها، أو تستطيع الاتصال بأحدٍ من ذويها.

وكان هذا ما قالته شهرزاد للرجل الغريب عندما سألها عن اسمها وماذا تريد، ولاحظت شهرزاد نظرات المرأة التي مرت على رأسها فنقابها ثم ملابسها، وتوقفت طويلًا عند ثيابها، وكأنَّ شيئًا ما قد لفت نظرها في هذه الثياب، ولكن المرأة ـبعد طول تحديق في شهرزادـ أوسعت لها الطريق ورسمت بسمةً حلوة على وجهها، وقالت بصوتٍ لطيف حنون:

ـ تفضلي أيتها السيدة .. هذا مقامك.

ودخلت شهرزاد بخطواتٍ وجلة، وقالت لنفسها: "فليطب لي مقامًا... وليبعد الله عني أيدي شهريار!"...

****

وطاب لشهرزاد المقام بالفعل كما توقعت؛ فقد كان الرجل القصَّاص وزوجته شخصان طيبان للغاية، يضارع كلُّ منهما الآخر في حسن رعايته ومعاملته لها وحدبه على صغيرتها!

والغريب أنهما ـرغم مرور الأيام وهي مقيمة بين ظهرانيهماـ لم يسألاها سؤالًا واحدًا عن أسرتها أو زوجها، ولم يبديا أي دهشةٍ لمرور الأيام دون أن يسأل عنها أحد، أو يبحث عنها أحدٌ من ذويها المزعومين، أما (روكسان) الصغيرة فلم تكن تفهم مما يدور حولها شيئًا، فقط كانت تبتسم في براءة كلما داعبها الطفلان (خامان) و(بادان)، أو كلما حنا عليها الرجل القصاص ـوكان اسمه (بهادر)ـ أو زوجته، وقد انسلخ عنها ثقل القدمين قليلًا قليلًا.. وبدأت تحبو في داخل الكوخ، على أربع!

****

وكان من عادة القصاص (بهادر) أن يجمع أسرته كلها ـ التي انضمت إليها شهرزاد وطفلتها مؤخرًاـ بعد العشاء حول نار (المجمرة) في الشتاء، أو حول (الزقلون) (وهو حوض ماءٍ صغير يُنثر على سطحه زهورٌ ملحية وأوراق خوصٍ ويوضع في منتصف الكوخ ليبرد المكان، صيفًا)؛ ثم يبدأ في رواية القصص الممتعة حتى يغلب النوم طفليه، وتثقل جفون زوجته وتتثاءب عدة مراتٍ، وعندئذ يسكت عن الكلام المباح، وذات مرةٍ جمع الرجل زوجته وابنيه

والضيفة الغريبة وطفلتها، ليحكى لهم حكايةً كعادته كل ليلة؛ فإذا به يخبرهم بأنه سوف يقصُّ عليهم حكاية عن الشاهنشاه (شهريار)!!.

وأنصتت شهرزاد بكل جوارحها، وانصرفت كليةً عن طفلتها، التي كانت عندئذ قد بدأت تعاني توعك الأسنان، ولا تكف عن البكاء، وتفتحت آذان شهرزاد وبدأت تصغي للرجل بانتباهٍ شديد، حتى أنها لم تنتبه إلي طفلتها التي تصرخ بين يديها بأعلى صوتها، إلا بعد أن نبهتها زوجة بهادر خمس مرات!.

وأفاقت شهرزاد فعملت على إسكات طفلتها، وظلت بها حتى استطاعت تهدئتها تمامًا، وما لبثت الطفلة أن نامت، وكان الراوي وزوجته والطفلان قد أخلدوا للنوم بدورهم، فقامت شهرزاد بتثاقل من موضعها وهيأت فراشها، ووضعت طفلتها النائمةَ في مهدها الصغير، ثم استلقت في الفراش على جانبها الأيسر، وبقيت طوال الليل مستيقظةً وعيناها مفتوحتان على سعتهما.. وأخذت تفكِّر في هول ما سمعت!..

****

منذ أن كانت شهرزاد طفلة في السابعة وهي تسمع في بيت أبيها -الذي كان حاجباً ثم كبيراً للحجاب؛ ثم أصبح وزيرًا للشاهنشاه شهريارالسابع- عن أخبار جرائم الشاهنشاه ومقته الشديد للنساء، والفظائع التي كان يقوم بها ضد الفتيات البريئات، اللائي كن يلقين حتفهن على يديه، وهنَّ في عمر الزهور، ليكفِّرن عن جريمة امرأةٍ لا تربطهن بها أية صلة، وليغسلن بدمائهن البريئة إثمها،

دون يدٍ لهن في هذا الإثم إلا أنَّ واحدةً من جنسهن هي التي اقترفت هذا الإثم!.. وكانت هذه الحكايات المفزعة تخيف الصبية الصغيرة وتسبب لها الكابوس، حتى خافت عليها أمها الرؤوم، فراحت تؤكد لها أن ما سمعته إنما هو محض هُراء، وليس حقيقيًا بالمرة، وأقنعت زوجها بأن يكف تمامًا عن تذاكر أنباء جرائم شهريار وفظائعه، على مسامع الطفلة شهرزاد، وكبرت شهرزاد وأينعت وجرى فيها ماء الصبوة، فتفتحت أزهارها وتبدى جمالها أخاذًا يسرُّ الناظرين، حتى انهال عليها الخطاب من أبناء الكبار والأثرياء، وهي بعد في الحادية عشرة من عمرها! وحتى تقدَّم لخطبتها شابٌ موسر من علية القوم، وعلى صلة قرابةٍ بالأسرة الشاهنامية، وكاد يتم زواجه عليها لولا أنَّ حظها ـولا أحد يدري حسن حظها أم سوءهـ شاء لها أن يراها شهريار، قبل إتمام زواجها بأيامٍ قلائل، فيأمر بأن تُحمل شهرزاد ابنة الوزير (عبدان) إلي قصره لتكون زوجةً له، وكان عمرها حينئذٍ لم يتجاوز السادسة عشرة، بينما كان الشاهنشاه المعظم شهريار السابع، في السادسة والخمسين من عمره!

وبعد ليلتين أو ثلاث بدأ شهريار يتململ ، وعاودته حالة الكُره لجنس النساء، وكاد يأمر (قودان) أن يطيح برأس العروس الجديدة، لولا أنَّ الفتاة الأريبة التي أحسن أبوها تعليمها وتحفيظها الأشعار والأخبار ـوكأنه كان يعدها لهذه اللحظة بالذاتـ قد استطاعت إثارة فضول الأحمق الدموي في هذه الليلة حتى أعارها أذنيه فأسرعت، وقصت عليه حكايةً قصيرة شيقة، فخلبت لبَّ شهريار وأرضت

فضوله، وما راعها إلا الرجل السفاح وهو يستزيدها من التفاصيل، ويطلب المزيد! ورقص قلب شهرزاد فرحًا، وقد أدركت أنها نجحت في هدفها البعيد المنشود، ألا وهو أن تخلق لنفسها دورًا خاصًا في حياة شهريارٍ، لا تستطيع أيَّ فتاةٍ من جنسها أن تؤديه، وتجعل له حاجةً عندها لا يجدها عند سواها، وأنها لتتذكر الخطر الذي كاد يهددها ذات يومٍ، عندما وفد على القصر رجلٌ إخباريٌ بارع، وطلب أن يؤذن له بلقاء الشاهنشاه المعظم، ليعرض عليه بضاعته من الحكايات وألعاب السحر، ولكن الإله ألهم شهرزاد، فتداركت الموقف بسرعةٍ، مستغلة غياب شهريارعن القصر يومئذٍ، فبعثت للرجل الإخباري مَن حذَّره من البقاء في المدينة حتى عودة الشاهنشاه، الذي أخبروه بأنه لا يمقت شيئًا، قدر ما يمقت القصص والقصَّاصين، وانه لا يكاد يسمع عن إخباريٍ يتجول في عاصمته إلا ويأمر بقطع رقبته!

وروع الرجل وفزع وفرَّ من المدينة، ومن المملكة كلها في ذات الليلة، ولم يجرؤ على العودة ثانية، فقد انقطعت أخباره، وكأنَّ الأرض انشقت وابتلعته!.

****

ورغم كل ذلك، ورغم كل ما رأته شهرزاد بعينيها من عنف وجنون ودموية زوجها وحماقته، إلا أنها لم تكن تدرى مدى بشاعة صورته في عيون رعاياه ومدى كراهيتهم له، والصفات البشعة التي يخلعونها عليه، والأساطير الخيالية التي يلصقونها به! فلم تكن شهرزاد

لتعرف أنَّ الناس يقولون أنَّ الشاهنشاه يبلغ طوله سبعة طويات*ووزنه يساوى وزن سبعة جياد!

وأنه يأكل خروفين كاملين على الإفطار ومثلهما على العشاء، بينما تكون شهيته أكثر تفتُّحًا وقت الغداء، فيصل عدد الخراف التي يأكلها إلي أربعة، وست إوزات وسبعة عشرة حمامة!.

وليس الأمر مقتصرًا على الطول والوزن والطعام، بل إنَّ الناس يعتقدون إن شراهة

* (الطويا: وحدة قياس في المملكة الشاهنامية وتساوي حوالي نصف متر)

شهريارلا تقتصر على كميات الطعام الخرافية ـ التي يفترضون أنه يأكلها ـ بل إنَّ هذه الشراهة تمتد إلى كافة نواحي الحياة، فيقولون أنَّ الشاهنشاه يعبد النساء، ولا يترك أيَّ امرأة من أسرته، أو من زوجات حشمه وحراسه وبناتهم، وحتى الخدم إلا وحدد لها يومًا تزوره في مخدعه وإلا طارت رأسها ورأس زوجها أو أبيها.. وأنه يولغ في دماء الفتيات اللائي يعجز عنهن.. وأنه أيضًا يعاشر محارمه بما فيهن أمه !.

ذُهل شهريار عندما عاد إليه (الرافة) ليبلغه بأنَّ مولاته الملكة (شهرزاد) غير موجودة في جناحها أو في جناح الأميرة (روكسان)، التي اختفت بدورها من مهدها!

ريع شهريار وارتج عقله، أصابته لوثة حقيقية، وراح يصرخ كالثور الغاضب:

ـ أين ذهبت إذن.. أين ذهبت؟!

فأجابه الرافة؛ وهو يرتعد من قمة رأسه إلى أخمص قدميه:

ـلا أدري، لا أدري يا مولانا!

وعاد الشاهنشاه يسأل بصوتٍ هادر:

ـهل بحثتم عنها في كل مكان؟!

ـأجل يا مولانا، لقد بحثنا عنها في جناحها، وجناح الأميرة روكسان، وفي جناح الحريم وفي شرفات القصر وحدائقه وأبهائه، فلم نقع لمولاتي على أثر!

ـعاودوا البحث عنها وعن ابنتنا الأميرة، ابحثوا في كل مكانٍ، اقلبوا القصر والجواسق، فتشوا المدينة بأسرها، وابعثوا بمن يبحث عنها في قصر أبيها الوزير عبدان، وأبلغوه بأنني آمره بأن يأتيني على جناح السرعة.

وزاد ارتعاد صوت الرافة المسكين وهو يهمس في خشوع:

ـ أمر مولانا!

وما إن غادر الرافة المخدع حتى قفز شهريار من فراشه، وراح يذرع المخدع المترامي في عصبيةٍ بالغة، وأخذ يحدِّث نفسه بصوتٍ مرتفع:
"فعلتِها يا شهرزاد وأخذتِ ابنتي معك أيضًا! والله لتلقينَّ حتفك على يديَّ قريبًا!.

****

وقف شهريار في ثوبه الشاهنامي الأرجواني المطرَّز بالجواهر وأسلاك الذهب وجهًا لوجه أمام الوزير عبدان، الذي كان في أسوأ حالاته، وخلف كتف الشاهنشاه وقف السياف قودان رهن إشارته!
وسأل شهريار بصوتٍ حاول أن يكون هادئًا ما استطاع إلى ذلك سبيلًا:
ـ أين ابنتك أيها الوزير؟!
فنكس عبدان رأسه ولم يحرِ جوابًا، فهتف شهريار وقد بدأ يحتد:
ـ أنا أسألك فلماذا لا تجيب؟!
عندئذٍ نطق الوزير بصوتٍ مضعضع ذليل:
ـيا مولانا، أنا رجلك وخادمك وعبدك، وأنا وأسرتي وأبنائي عبيدك، وكل ما امتلكته يميني هو من فض...
فقاطعه شهريار صارخًا في عنفٍ شديد:
ـدعنا من أحاديث العجائز هذه، أنا إنما أرسلت إليك لأسألك سؤالًا واحدًا، أريد جوابًا عليه: أين هي ابنتك شهرزاد؟ لقد تركتها مساءً في مخدعها مع ابنتنا الأميرة، والآن هي غير موجودة في أي مكان بالقصر؛ لا هي ولا ابنتنا الأميرة، وقد أرسلت إليك لأعرف ما إذا كانت

موجودةً بقصرك، فإذا بك تجيئني لتخبرني أنك لم ترها منذ صباح أمس! فأين هي إذن، وأين ابنتنا الأميرة روكسان؟!.

ولم يجد الوزير المسكين ما يقوله، فاعتصر الهمُّ صدره؛ وكاد يخنق أنفاسه، فتمنى لو اخترمه الموت الآن وأراحه، وأعفاه من رؤية المذبحة التي سيوقعها الشاهنشاه بأسرته، لو لم تعد شهرزاد لعقلها وترجع عن غيِّها؛ وفجأة برق خاطرٌ ما في ذهن الوزير عبدان، فتعلق به تعلق الغريق بقشَّة، وقال في صوتٍ بدأ يسترد بعض الأمل:

ـلعلَّها.. لعلها يا مولاي قد ذهبت إلي أحد قصوركم الأخرى لتستروح الأميرة الصغيرة نسمات الهواء، فجلالتك تعرف أنَّ الأميرة روكسان متوعكةٌ قليلًا، وقد نصح لها الطبيب بتغيير الهواء..

وهنا ثار شهريار ثورةً عارمةً وصرخ في حنقٍ بالغ:

ـولماذا لم تقل لي وتستأذنني؟ وكيف تخرج وتحمل ابنتي معها دون أن تنتظر رأيي ودون أن أعرف بوجهتها، ودون أن يرافقها الخدم والحرس والوصيفات والمرضعات؟!.. لا.. لا يا عبدان، ابنتك...

وهنا قطع شهريار كلامه بغتة؛ فارتجف قلب وزيره، وحاول أن يخمِّن بقية ما يريد الشاهنشاه أن يقوله، وإن لم يفقد الأمل بعد في أن تنفرج الأزمة من تلقاء نفسها، أو يهبط عليه حلٌّ سحري من السماء!

أما شهريار فقد رفع سبابته في وجه الوزير؛ الذي كان يرتعش كورقة شجرٍ تطيرها الريح في يوم عاصف؛ وصاح منذرًا في لهجةٍ قاطعة:

ـأمامك حتى غروب شمس اليوم يا عبدان لتأتيني بابنتك وابنتنا الأميرة، ولو أشرق قمر المساء دون أن تحضرهما إلى هنا أو تعرف مكانهما، فالأفضل لك عندئذٍ ألا تشرق عليك الشمس، وأنت في مملكتي!.

****

لم يسع الوزير عبدان أن يفعل شيئًا بعد خروجه من المقابلةَ مع الشاهنشاه شهريار يحمي به حياته وحياة أفراد أسرته، سوى أن ينقب الأرض بحثًا عن ابنته شهرزاد وحفيدته الأميرة، ولم يستطع عبدان أن يعود إلى قصره، ولم يطاوعه قلبه على أن يلقى بنبأ الكارثة التي حلت عليهم بهروب ابنته شهرزاد في وجه زوجه المسكينة، خشية أن تُصعق الأم المفجوعة، أو تهلك لفورها!.. وبمجرد مغادرة عبدان للقصر الشاهنامي أرسل يستدعي خلصاءه من رجاله المقربين، ويأمرهم بالمثول بين يديه فورًا .

فلما صاروا رهن أمره، أخبرهم ـبصوتٍ بذل جهده ليكون طبيعيًاـ بأن هناك جارية هربت من القصر الشاهنامي، فلم يشأ أن يخبرهم بأنَّ التي هربت هي ابنته الملكة شهرزاد، وأبلغهم أيضًا أنَّ هذه الجارية الهاربة تحمل معها طفلة صغيرة عمرها تسعة أشهر، ثم كلف الوزير رجاله بالبحث عن الجارية والطفلة فورًا، وتفتيش بيوت وقصور المدينة كلها ليعثروا عليهما، وأكدَّ عليهم بألا يتركوا شبرًا واحدًا

من الأرض دون أن يقلبوه بحثًا عنهما، وأنهى الوزير كلامه لرجاله بأنه مكلف شخصيًا من قِبل الشاهنشاه بالبحث عن تلك الجاريةِ والعثور عليها وعلى الطفلة التي بصحبتها، وأنه ـأي الوزيرـ يضع كل ثقته فيهم، وواثق من أنهم سيفعلون كل ما بوسعهم للعثور عليهما.

****

ومرت ساعات اليوم على عبدان كأسوأ ما تكون، وكانت كل ساعةٍ تمر عليه كأنها إبرة عقرب تُرشق في فؤاده، وكل شعاعٍ للشمس يتقلص عن أسوار المدينة، كأنه سيفٌ يهوي علىٍ عنقه، فلم يفز الوزير المنكوب بلحظة راحةٍ أو هدوء بالٍ واحدة في ذلك النهار الأغبر، ولم ترف نسمةٌ رطيبة واحدة على قلبه الملتهب بنار الخوف والجزع، فلم يكد يهجع دقيقة ولم يتذوق زادًا، بل ولم يجد له صبرًا على الجلوس ليريح جسده، ولو بعض الوقت..

وظلَّ عبدان بين النار والرمضاء طوال النهار؛ حتى اقتحم عليه مجلسه ـفي آخر ساعةٍ من النهارـ رجلٌ من رجاله المكلفين بالبحث، وبشَّره بأنهم عثروا على المرأة والطفلة!

وقفز قلب الوزير في صدره، وأحسَّ في لحظةٍ وكأن كل المياه التي في بحيرة (ساوه) المقدسة قد أُفرغت على الجمر المتقد الذي في قلبه فأطفأته!

وفي نشوة فرحته لم يهتم عبدان بأن يستوثق من الرجل عن صفات المرأة والطفلة اللتين عثروا عليهما، بل هرول في أعقاب الرسول تحمله قدماه، بأسرع مما تحمل الطير أجنحته!

****

وكان رجال الوزير عبدان ـفي أثناء بحثهم الدائب عن الجارية والطفلة ـ قد وقعوا في أطراف المدينة على امرأةٍ بضَّةٍ منقبة ترتدي ثوبًا فاخرًا من الخزِّ، وعلى يديها طفلٌ صغير يقارب عمره عمر الطفلة التي أخبرهم سيدهم الوزير أنها بصحبة الجارية التي هربت من قصر الشاهنشاه، والتفَّ رجال الوزير حول المرأة التي صاحت في وجوههم وانتهرتهم، وأمرتهم في لهجةٍ متعالية بأن يتركوها تمضى لحال سبيلها، ويغربوا عن وجهها!.. ولكن رجال عبدان أبوا إلا أن يحتجزوها لحين وصول سيدهم، لينظر في أمرها.. ووصل الوزير طائرًا إلى المكان، ومن أول نظرةٍ إلى المرأة والطفل النائم على ذراعيها أدرك أنهما ليستا ابنته شهرزاد وحفيدته الأميرة، وفي صوتٍ منكسر أمر الوزير عبدان رجاله بأن يطلقوا سراح المرأة وطفلها، ولكن كبير الرجال اعترض وقال للوزير:

ـوكيف نعرف يا سيدي أنها ليست من نبحث عنها؟

فأجابه عبدان في صوتٍ يائس:

ـدعها تمضي، إنها ليست هي!

ـوكيف نتأكد يا سيدي؟!

وصمت كبير الرجال قليلًا ثم أضاف:

ـ فلنقتدها إلى القصر وننزع نقابها، لنعرف من تكون.

وهنا بان على المرأة اضطرابٌ وخوف عظيمان جعلا قلب الوزير ـرغم ما هو فيه ـ يدقُّ بالشك والريبة؛ فأمر رجاله باقتياد المرأة إلى دار الوزارة لاستجوابها، وعندئذٍ راحت

41

المرأة تحاول إقناعهم بأنها سيدةٌ ثرية من الطبقة العليا، وإنها تستطيع إنزال أقصى العقاب بهم لو أنهم مسُّوها بسوء، ثم قالت لهم أنها ليست من يبحثون عنها، ومن أجل إثبات صدق كلامها، كشفت لهم عن عورة الطفل الذي تحمله، لتؤكد لهم أنه ولدٌ وليس بنتًا.

وحركت هذه الفعلة شكوك الوزير الذي أيقن ـبخبرته العريضةـ أنَّ المرأة تخفي شيئًا، وإنها لو كانت حقًّا من سيدات الطبقة العليا لما أقدمت على كشف عورة طفلها لتؤكد لهم صدقها.. وقرَّ عزم (عبدان) على معرفة سرِّ هذه المرأة.. وأمر رجاله باقتيادها إلى دار الوزارة.

****

بصعوبةٍ بالغة اقتاد رجال الوزير عبدان المرأة التي عثروا عليها أثناء بحثهم عن جارية الشاهنشاه، وشكَّ الوزير في أمرها، فقد حاولت المرأة الفرار، وعندما أطبق عليها الرجال أبدت مقاومةً عنيفة لا تصدر عادةً من امرأةٍ ضعيفة ليس معها سوى صغيرٍ تائهٍ في ملكوت الآلهة، وحينما حاولت المرأة الهروب للمرة الثانية، استخدم رجال الوزير معها الشدَّة، وقيدوا معصميها بحبلٍ سميك ثم أحضروا جوادًا وضعوها عليه، بينما حمل أحدهم الصغير على كتفه، وكأنه يحمل جوال قطنٍ، واعتلى به صهوة جوادٍ آخر، ولفت نظر عبدان أنَّ رجاله عندما كانوا يضعون تلك المرأة قسرًا فوق ظهر الجواد، انحسر طرف عباءتها وكشف عن ساقيها، ودُهش الوزير إذ رأى ساقي المرأة نحيلتين غزيرتي الشعر كسيقان الرجال تمامًا!!.

وفي دار الوزارة عكف الوزير عبدان بنفسه على استجواب المرأة الغريبة التي أبدت العناد الشديد، فرفضت بتاتًا أن تبوح باسمها أو اسم زوجها أو اسم أسرتها أو من أين أتت، ولم تجب خلال الاستجواب الطويل إلا عن سؤالٍ واحد، عندما سألها الوزير عن اسم طفلها الصغير فأجابت باقتضاب:

ـ اسمه (شهبور)!

وأغلقت فمها بعد ذلك؛ وأبت أن تتفوه بكلمةٍ واحدة، أو أن تجيب على أي سؤالٍ آخر، وعندئذ نفخ عبدان ـالذي كان الغيظ قد استولى عليهـ قهرًا، وأمر أحد رجاله برفع النقاب عن وجه هذه المرأة اللعينة ليعرف من تكون!

وعندئذٍ صرخت المرأة وولولت ، وصاحت بصوتٍ فزع أنها امرأةٌ من أسرةٍ محترمة وزوجها من علية القوم، وليس من حق أحدٍ ـحتى لو كان وزير الشاهنشاهـ أن يهتك سترها وينتهك حرمتها، فصاح بها الوزير أنَّ عنادها هو الذي سيهتك سترها، وأنها لو أعطته جوابًا شافيًا عن كل الأسئلة التي سألها لها، لما فكَّر في الإقدام على كشف وجهها، وعندها هدأت المرأة قليلًا، ثم نكَّست رأسها وقالت بصوتٍ مؤدب ذليل:

ـ سأخبرك يا سيدي، سأخبرك بكل ما تريد معرفته!

أصغى شهريار بانتباهٍ عظيم، وأنصت لكل كلمةٍ تخرج من فم وزيره المخلص عبدان، الذي سرد عليه قصة المرأة الغريبة التي عثروا عليها في أطراف عاصمة مملكته..

وقصَّ عبدان تفاصيل القصة الغريبة التي حدثت اليوم تحت سمعه وبصره، بدايةً من اقتياد المرأة إلى دار الوزارة، والاستجواب الدقيق الذي تم والذي لم يسفر عن شيءٍ، مرورًا بحديث المرأة السخيف، والقصة الفارغة التي صدَّعت بها رأس الوزير ورؤوس رجاله؛ وأخيرًا.. المفاجأة المذهلة، عندما أجبرت المرأة على أن تسفر عن وجهها، فاكتشف الجميع أنهم أمام امرأةٍ بشارب كثٍّ، أو على الأصح.. رجلٌ متنكر في دور امرأة!

أما المفاجأة الأكثر عنفًا، فهي أنَّ ذا الشارب الكثِّ هو أخو شهريار.. الشاهان دهريار.. ملك بلاد(الأفلاق)!!.

****

وجيء بالملك العتيق يرسف في الأغلال، ورغم أنَّ الثياب النسائية التي يرتديها جعلته مضحكًا ومثيرًا للسخرية؛ إلَّا أنَّ رجال بلاط شهريار لم يملكوا إلا أن ينحنوا إجلالًا لدهريار الذي يمشي في أصفاده، ويخفضوا جباههم باحترام؛ لأنهم ما زالوا يذكرون أنَّ هذا الرجل -رغم عداوته لمليكهم ولمملكتهم- ما زال شقيق شهريار، والابن البكر لمولاهم وولي نعمتهم جميعًا، الشاهنشاه الأكبر..

ولم يستطع شهريار -الذي بدا عليه أنه نسي كل شيءٍ عن شهرزاد وروكسان- منع نفسه من إظهار الشماتة، عندما

رأى أخاه، الذي طالما هدده وهدد مملكته؛ وهو على هذه الحالة من الذلِّ والمهانة،

وقال شهريار بصوتٍ يضطرب بين إظهار شماتته وبين إخفائها:

ـها قد وقعت في قبضتي يا أخي الأكبر!.

فرفع دهريار وجهه وأجاب في صوتٍ ساخر متحدٍ:

ـكلانا قد أصبح في قبضة أخيه، وما أرحم الأخ بأخيه.. أليس كذلك يا أخي؟!.

وهبَّ شهريار واقفًا عندما استشعر أنَّ دهريار يسخر منه:

ـتبًّا لك! أليس حريًا بك أن تخجل من فعلتك، بدلًا من أن تُسن لسانك عليَّ؟!

وهنا نكس دهريار رأسه بحركةٍ تمثيلية، وقال بصوتٍ يقطر سخرية:

ـبلى، أنا خجلٌ من فعلتي... خجلٌ جدًا!

واضطرمت نيران الغضب في صدر شهريار، وأتت على الجذوات القديمة الخامدة فأشعلتها من جديد، وصاح الشاهنشاه في وجه أخيه الأكبر:

ـتأدَّب يا ابن الأمة، ولا تنسَ أنك تخاطب مولاك، وربَّ نعمتك!

فأثارت هذه الكلمة الحقد المكبوت منذ عقودٍ في قلب دهريار، وانتابه غضبٌ جارف جعله يصيح في حنقٍ قاتل، متناسياً سيف قودان المعلق فوق رقبته:

ـولي نعمتي؟! أنت ولي نعمتي يا ابن الزانية؟! ما أنت إلا لصٌّ حقير سرقت عرشي بسحرك وتمائمك! هذا العرش الذي تجلس عليه يا شهريار إنما هو عرشي أنا.. عرش

الشاهنشاه المعظم (دهريار)، ملك الملوك وابن الشاهنشاه الأكبر، وخليفته الشرعي!.

وصاح شهريار ردًّا على أخيه:

ـ رحمةً لك أيها البائس... أما زلت تحيا في أوهامك؟!

فأجابه دهريار:

ـ إنه ليس بوهمٍ، وجميع من يقفون هنا في هذا الإيوان يعلمون أنّه الحق، ويعلمون بأنني أنا صاحب العرش الشرعي، وإنك ما فزت به عن حق؛ بل اغتصبته اغتصابًا بوسائلك الدنيئة... اسألهم أيها الشاهنشاه؛ اسألهم الآن أمامي، من يرث العرش، الابن الأكبر البكر، أم الأصغر؟!

وظهر الاضطراب على وجوه الرجال جميعًا؛ فقد خافوا أن يوجَّه إليهم السؤال بالفعل، ويمتحن ولاؤهم امتحانًا عسيرًا، وكان مرجع خوف رجال البلاط كلهم ـ وعلى رأسهم الوزير عبدان ـ أنَّ إجابتهم ـ سواءً أعطوا شهادة الحق أم شهدوا بالباطل ـ يمكن أن تكون وبالًا عليهم ؛ فلو أعطوا لدهريار الجواب الحق، طارت رؤوسهم من فورها، وإذا قالوا ما يرضاه شهريار، لأصبحوا عرضةً لخطرٍ عظيم يمكن أن يحيق بهم، في حالة ما إذا تغيرت الظروف، وقفز دهريار إلى العرش، الذي لا يشك أيٌّ منهم في أحقيته به، وحاول الوزير عبدان ـ الذي كان أحرص الناس على كسب رضاء شهريار ـ أن يدافع عن حقِّ مولاه الذي لا يمارى

ـ في زعمه ـ في عرش أبيه الشاهنشاه الأعظم الذي اختاره لخلافته، وهو بالطبع أدرى بمن يستحق العرش، ومن لا يستحقه!

فلما فرغ عبدان من قوله لمح علامات الرضاء عنه تلوح في عيني شهريار؛ ولكن هذا الود المستطاب سرعان ما قطعه دهريار، بصياحه الجنوني الذي بلغ عنان السماء:

ـ إنما أنت منافق ياعبدان، منافقٌ كبير، عملك هو أن تستغل الحمقى من فارغي العقول، ممن يجلسون على عروش لم تُخلق لهم، وتسقيهم حلو الكلام حتى يثملوا، ثم تنزع الصولجان من أيديهم، وتأكل الدنيا باسمهم، ولو لم تكن منافقًا ولم يكن أخي أحمق، فكيف زوَّجته بابنتك؟!.

ودقَّ قلب عبدان خوفًا عند ذكر اسم ابنته شهرزاد، بينما احتقن وجه شهريار غضبًا وصاح ثائرًا:

ـ كفَّ أيها الأحمق، كفَّ وإلا أطرت رقبتك!.

فضحك دهريار ساخرًا وقال بصوتٍ حاول أن يصل إلى أسماع كل سكان المملكة:

ـ ماذا؟ هل أوجعتك ذكرى زوجتك المصونة، التي حملت ابنتك وفرَّت بها إلى حيث لا تدري؟!.

وحدثت ضجةٌ عظيمة في قاعة العرش، وتبادل الرجال النظر في ذهول، وعلا اللغط فصاح شهريارطالبًا الصمت، فخرست الألسن على الفور، بينما قال عبدان بصوتٍ يقطر خجلًا ومذلة:

ـ ابنتي لم تهرب أيها الشاهان، إنها موجودة بجناحها الخاص...

فقاطعه دهريار بعنفٍ:

ـ كاذب! وإذا كان حقًا ما تقول أيها الوزير، فادعها للمثول أمامنا الآن.

وسكت الوزير ولم يجد ما يقوله، وساد الرجال صمتٌ قلق متوتر، حتى شهريار تجهم وجهه ولم يرد بشيءٍ، واستغل دهريار فرصة النصر المؤقت الذي أحرزه على أخيه ورجال بلاطه، فصاح مفجرًا مفاجأةً لا تخطر لأحد على بال:

-إنَّ ابنتك أيها الوزير، وزوجتك يا أخي المعظم، ليست في جناحها ولا في القصر ولا في المدينة بأسرها...
ثم خفض صوته وشدَّد على كل حرفٍ يخرجه من فمه وواصل:
-لأنها لا يمكن أن تكون هي وابنتها روكسان في مكانين في وقتٍ واحد... فكيف تكونان في قصرك، وفي قبضتي في ذات الوقت؟!

كان للكلمات القليلة الأخيرة التي نطق بها دهريار وقع الصاعقة على أخيه الشاهنشاه شهريار وعلى الوزير عبدان .. فقد بدا شهريار وكأنه أُلقم حجرًا في فمه؛ فانتفخت أوداجه وأحمرَّ وجهه، وبرزت عيناه ودارتا بسرعةٍ مذهلة في محجريهما..

أما الوزير المهمومِ فقد حاول الكلام ولكنه تلعثم بشدة وأحس دويًّا وفرقعةً شديدة في أذنيه، وشحب وجهه حتى أصبح في لون الثلج؛ وإن كان جزعه الشديد على ابنته التي أصبحت تحت رحمة دهريار قد خالطه سرورٌ خاطف بأنها بريئةٌ من تهمة الهروب وأنها إنما غادرت قصرها قسرًا وغدرًا،

وعلى الجملة أُخذ كلا الرجلين بوقع المفاجأة وانخلع لها فؤاده، فلم يتفوه أحدهما لوقتٍ طال بكلمةٍ أو شبه كلمة، وبعد ترددٍ وبصوت مرتعش متلعثم خاطب شهريار أخاه المخيف قائلًا:

ـهل وصلت أيديك حقًا إلى ابنتي وزوجتي يا دهريار؟!
فأجابه الرجل الشامت باقتضابٍ قائلًا:
ـإنهما في حوزتي!.
وهنا تدخل الوزير عبدان في الحوار وقال وقد ازداد لون وجهه شحوبًا:
ـأحقًا ما تقول أيها الشاهان ؟!

ولم يكد عبدان يتم سؤاله حتى رفع شهريار يده مطالبًا إياه بالصمت ليترك له مهمة استجواب دهريار ، ووجه للأخير قول غاضب:

-وكيف أعرف أنك تقول الصدق؟ وكيف أضمن أنها ليست واحدةً أخرى من ألاعيبك القذرة؟!

فأجابه دهريار بصوتٍ ممتلئ ثقة:

-ولو لم أكن أنا الذي أحتجزهما فكيف عرفت بأنهما غير موجودتين في قصرك الآنَ؟! ولا تنسَ أن خبر غياب زوجتك وابنتك ما زال سرًا مكتومًا، لم يعرف به أحد في المملكة حتى الآن .. هذا عداك أنت ووزيرك المخلص بالطبع!.

ولم يكد دهريار يُتم كلامه حتى كان الغضب قد اشتعل نارًا في عيني شهريار، فوثب كالهِرَّة البرية من فوق كرسي العرش، وأنشب أظافره في عنق أخيه الأكبر وأطبق على رقبته بيدين من حديد حتى كاد يزهق أنفاسه، وأخذ يصرخ من بين أسنانه:

- أين هما؟ أين ذهبت بهما؟ قل وإلا أطرت رأسك، ولن يفيدك احتجازهما بشيء، لأنك لو لم تخبرني حالًا بالمكان الذي أسرتهما فيه فسوف أقطع عنقك، ثم أقلب المملكة كلها حتى أعثر عليهما، إنها فرصتك الأخيرة، أعطني زوجتي وابنتي أعطيك حياتك، وإلا فالويل لك مني، الويل لك!.

ورغم اختناق وتحشرج أنفاس دهريار، الذي كان يقل في قواه البدنية كثيرًا عن أخيه الأصغر؛ إلا أنه لم يخف ولم يستسلم، ولم يعطِ لشهريار كلمة ترطب فؤاده المحترق

وتبلُّ جوانحه، بل أراد أن يزيد النار اشتعالًا ويصب عليها المزيد من الوقود، فقال له بابتسامة صفراء:
ـلن أخبرك بمكانهما ولو أكلتني السباع! فالموتُ أحبُّ إليَّ من أن أكون سببًا في إسعادك ولو لحظة واحدة!.
وكان رجال الشاهنشاه يقفون متحيرين في هذا الموقف العصيب، لا يدرون هل يتركون شهريار يقضي على أخيه، أم أنَّ من واجبهم أن يحجزوا الملكين عن بعضهما، خوفًا من أن يقضي أصغرهما على أكبرهما، الذي سال الزبد على شفتيه، وأشرفت أنفاسه على التوقف؟!
****

بعد ثلاث ليالٍ قضاها الشاهان دهريار سجينًا في إحدى غرف القصر، أرسل شهريار طالبًا إحضاره للمثول بين يديه، وأُحضر دهريار من سجنه وقد علت وجهه غبرة؛ ونمت لحيته وغاض رواء النعيم ونضرته من وجهه..
فقد كانت تلك الأيام القليلة شديدة الوطأة عليه، لاقى فيها الأمرَّين على أيدي زبانية أخيه وبأمره، ومرةً أخرى حاول (شهريار) ـالذي ابتلع أكذوبة أخيه تمامًاـ انتزاع اعترافٍ من أخيه بالمكان الذي يحتجز فيه شهرزاد والأميرة الصغيرة روكسان، ولكن دون فائدة؛ فدهريار كان يعلم جيدًا أنَّ كذبته تلك ـالتي ألقاها ضربة لازبـ هي التي أنقذت عنقه من سيف قودان، ولولا ظنُّ شهريار بأنه يعلم مكان زوجته وابنته الوحيدة لما أبقى عليه بعد وقوعه في أيدي رجال الوزير عبدان واتهامه بالتجسس على مملكة أخيه، ولكان شهريار قد أمر بقتله على الفور؛ لذا فقد أطبق دهريار فمه جيدًا ـرغم التعذيب الشديد الذي

تعرض له- ولم يحاول أن يلعب بالنار أو ينطق بكلمةٍ ـ ولو كانت كذبًا- عن المكان الذي توجد فيه شهرزاد وابنتها!

ولما لم يجد شهريار أية فائدة تُرجى منه أمر بإعادته إلى محبسه، وأوصى زبانيته ـعلى مرأى ومسمع من الوزير عبدان- بأن يستوصوا بأخيه الحبيب، ويضاعفوا له جرعة التعذيب!

وطوال عشرة أيامٍ تالية كان شهريار يرسل كلَّ ليلتين أو ثلاثة في طلب دهريار، ويحاول معه بالإرهاب والتهديد لإرغامه على الإدلاء بمكان زوجة الشاهنشاه وابنته، ولكن الأخير ظلَّ مصرًّا على عناده وصمته المطبق، رغم ما حلَّ به في خلال هذه الأيام، فقد أنزل رجال شهريار بالأخ السجين ضروبًا مختلفةً من التعذيب، فكانوا يجيعونه حتى تلتوي أمعاؤه، فإذا أطعموه فبفتاتٍ من خبز أسود مقدَّد، وكانوا يضربونه حتى يسقط مغشيًا عليه، فإذا رغبوا في إفاقته نضحوا عليه ـفي زمهرير الشتاء- ماءً مثلجًا ترتعش لمجرد رؤيته الأوصال! ولما انتهت هذه الأيام العشرة كان الشاهان دهريار، ملك بلاد الأفلاق، قد فقد ملامحه الأصلية ـ الجسمانية والشكلية- إلى حدٍّ بعيد، فهزل بدنه الضخم وبرزت عروق عنقه ويديه، واستطالت لحيته وزاد شاربه ـالذي كان يشذبه بعناية- كثافةً واختل نظامه.. وكان من أثر التعذيب أيضًا وصبِّ الماء المثلج عليه في هذا الشتاء الرهيب أن مرض دهريار بحمى شديدة الوطأة، والتهبت لوزتا حلقه وتضخمتا، وصار الشاهان غير قادرٍ على

الحركة أو الكلام، ولازمته رعشة الأوصال طويلًا، ومع كل
ذلك فقد ظل رافضاً الكلام !..

****

وبعد هذه الأيام العشرة حدث حادثٌ عظيم، فقد أرسل
البختيار (مادان) خان بلاد (البغدان)، يبلغ الشاهنشاه
شهريار بأنه قادم إليه لزيارته ..

استمرت شهرزاد وطفلتها روكسان في رعاية الرجل الطيب (بهادر) القصاص وزوجته عدة أشهر، ترعرعت خلالها روكسان واخضرَّ عودها الباهت، فامتلأ فمها بالأسنان، وازداد شعرها طولًا وكثافة، حتى أصبح يغطي جبينها وجزءًا من مؤخرة رأسها، وقويت عظامها اللينة فخطت أولى خطواتها على طريق الحياة الطويل، في يومٍ باسمٍ اهتز فيه فؤاد شهرزاد فرحًا بطفلتها، وبالأمومة الطبيعية المشتهاة التي حُرمت منها طويلًا في القصر الشاهنامي.. حينما كان يقوم على شئون الأميرة الصغيرة عشراتٌ الوصيفات والمرضعات، أما شهرزاد نفسها فقد تغيَّر حالها من نقيض إلى نقيضٍ، كانت طوال عشرتها مع شهريار تقضي أيامها ساهمةً واجمة خائفة، تخشى إذا جاء الصباح أن يكون آخر صباح تشهده عيناها، وترتعد إذا جاء الليل خوفًا من أن يكون آخر ليلٍ تملأ فيه شغاف قلبها من منظر صغيرتها النائمة كالملائكة في مهدها، غافلة تمامًا عن الخطر الذي يحيق بأمها في أية لحظة..

وكانت شهرزاد تظل في حالتها تلك حتى تسمع صوت شهريار، وهو يدب بقدميه الثقيلتين ميممًا صوب جناحها!..

عندئذ كانت تتكلف ابتسامةً وتتظاهر بالسعادة لمجيء الشاهنشاه، ثم ترهق قريحتها في تأليف حكايةٍ جديدة تستمر في سرد تفاصيلها، حتى يتسرب وعي شهريار تمامًا من بين يديه ويثقل جفناه وترتعش أهدابه، ثم لا

يلبث شخيره أن يتصاعد إلى عنان السماء، عندئذٍ فقط كانت تهجع وترقد على جنبها، وقد أطمأنت أنَّ يومًا من أيام عذابها قد انتهى، هكذا عاشت شهرزاد كل أيام زواجها من الشاهنشاه، فهي على الجملة لم تقضِ يومًا واحدًا حلوًا معه، وكيف يحسُّ الإنسان بالسعادة أو يشعر بمسيس الراحة في قلبه، وعنقه معلقٌ بخيطٍ واهن من خيوط العنكبوت، يمكن أن يطير في الهواء بنفخةٍ واحدة من فم رجلٍ مجنون.. يكمن على بُعد خطوات منه؟!

لذلك فما كادت شهرزاد تسترد أنفاسها في بيت بهادر ووسط أسرته الطيبة، وما كادت تستعيد إحساسها الطيب بالحياة وتتنفس نسماتِ الهواء عليلةً صافية، خالية من الخوف وصرخات الفزع ورائحة الدماء؛ ما كادت شهرزاد تشعر بكل هذا حتى أدركت كم هم سعداءٌ أولئك الفقراء! نعم سعداء!..

وحتى لو ظنوا هم غير ذلك، وحتى لو حسب الحمقى -من أمثال شهريار- أنَّ المال والسلطة والسلطان هم أساس السعادة وحارسها الأمين، ومع ذلك فقد كان لدى شهريار آلافٌ من قناطير الذهب والفضة، وعشرات القصور، ومئات الجياد من أفضل السلالات، وآلافٌ من الجواري الحسان والحظيات الفاتنات، وآلاف العبيد، ومع ذلك فلم تره سعيدًا في يومٍ من الأيام، وما رأته مبتسم الثغر صافي الأديم طيب القلب، مع أنه كان يملك -فوق كل ما سبق- أهمَّ وأكبر شيءٍ يسعى إليه البشر، ويقتتلون من أجله، ويدوسون على آبائهم وإخوتهم، بل وأبنائهم أحيانًا في سبيل الفوز به.. العرش ..

ولكنه ـأي شهريارـ كان يملك العرش من جانب، والعرش يملكه من جانبٍ آخر؛ فهو يحكم ويأمر وينهى ويعفو ويعاقب، ويرفع ويخفض ويحيي ويميت، ولكنه كان محكومًا بقانون العرش في النهاية!

إنه لا يستطيع أن يخرج إلى الغوطة الرحبة حول المدينة ليستنشق الهواء بمفرده، خوفًا من أن يتربص به أعداؤه فيقتلوه، وهولا يمكن أن يجلس في أي حانوتٍ صغير لبيع الطعام ليأكل فيه ما تشتهيه نفسه من أطعمةٍ، خشية أن يدسَّ له الحاقدون السمَّ في الطعام، وهو كذلك لا يجب أن يترك العنان لنفسه أثناء العروض التي يقيمها المهرّجون والممثلون في قاعة العرش، فيضحك ملء شدقيه أو يبكى تأثرًا؛ خوفًا من تضييع هيبته، وبالتالي تضييع هيبة العرش!

وهولا يستطيع، ولا يستطيع، ولا يستطيع.. مئات الموانع والمحظورات..

ومع ذلك يعتقد الحمقى أنَّ حاكمًا مثل شهريار، يملك كل هذا، لابد أن يكون أسعد بني الإنسان، وأكثرهم جدارةً بأن يدخل من باب السعداء المحظوظين، عالم ألف ليلة وليلة، ويتربع على عرشه!..

استولت الدهشة البالغة على شهريار عندما وصله رسول البختيار (مادان)، وعرف أنه في طريقه إلى مملكته؛ فما كان مادان يومًا على علاقةٍ حسنةٍ بشهريار، ولا توجد علاقاتٌ حسنة بين مملكة شهريار ومملكة مادان، كذلك لم يكن الشاهنشاه الأكبر يستريح للبختيار (ردان)، والد البختيار مادان، أو يثق به، وفوق كل هذا فقد كان مادان على علاقةٍ شخصيةٍ وثيقة جدًا مع أخي شهريار المارق، الشاهان دهريار، ويُعتبر من أكبر حلفائه، ورأس معاونيه!..

ورغم شكوك شهريار والريبة المستولية عليه من الأمر برمته، إلا أنَّ الواجب والعرف الذي جرى بين الملوك والحكام، كان يُملي على شهريار أن يُعدَّ استقبالًا حافلًا لخان (البغدان) القادم لزيارته،

ووجد شهريار نفسه مضطرًا إلى أن يتناسى كل ما هو فيه، والمصيبة الكامنة في قصره وبلاطه، والتي لا تلبث أن تخايله آناء الليل وأطراف النهار، وتحيل حياته إلى جحيم مقيم، لأجل أن ينصرف إلى الاهتمام بشئون رجلٍ يكرهه، ولا يثق به!

وأمر الشاهنشاه وزيره عبدان بأن يترك كل ما كلفه به من مهام، وكل ما يضطلع به من مسئوليات، ويعد استقبالًا عظيمًا للبختيار مادان، وأوصاه بأن تُمد السجاجيد الفاخرة؛ المطرَّزة بخيوط الذهب؛ على طول الطريق، من المكان الذي سيهبط فيه الخان من فوق محفَّته ويعتلي

صهوة جواده، وحتى القصر الشاهنامي، كذلك تلقى عمال شهريار على مدن المملكة تعليمات بأن تُمدَّ الأسمطة للشعب في جميع المدن لمدة سبعة أيام، سرورًا بزيارة خان (البغدان) للمملكة، وإكرامًا لوفادته، وكان شهريار يهدف من وراء كل هذا الكرم والإنعام إلى غايةٍ بعيدة، وهي أن يرضي خان البغدان ويتملقه، ويكتسبه في صفِّه، فيضمن بذلك أن يرفع (مادان) يده عن أخيه المارق دهريار، ويكفَّ عن مناصرته.!

كانت شهرزاد، وهي تداعب حلمها الجميل في الابتعاد نهائيًا عن شهريار، تلاطفه حينًا وتدافعه أحيانًا، تعلم جيدًا أنها قد لا تنجح في تحقيق حلمها الجميل المستحيل، وستواجه صعوباتٍ جمَّةً في الهروب ثم في الاختفاء، وسوف تكون مهددةً؛ في كل لحظةٍ بأن تصل إليها وإلى طفلتها أيدي رجال الشاهنشاه، وهي وإن كانت مطمئنة تمامًا على طفلتها، وواثقة من أنَّ شهريار لن يؤذي ابنته، إلا أنَّ الموت سيكون في انتظارها هي مصيرًا محتومًا، وكذلك كانت شهرزاد تدرك بوضوح أنَّ بناء حياةٍ جديدة، بعيداً عن قصر زوجها -وعن أسرتها بالطبع- سيكون أمرًا صعبًا، يتطلب الكثير من الصبر والتجلد، وهي -للأسف- تربت في القصور منذ نشأتها، فلما كبرت أصبحت نموذجًا حيًا لنساء القصور، امرأةٌ خائبة ثقيلة اليدين! أصابعها الطويلة الملفوفة لم تعتد أن تُمسكَ بأي شيءٍ، ويداها الخائبتان لا تجيدان صنع أيَّ شيءٍ على الإطلاق، حتى أبسط أنواع الأطعمة والحلوى!

فقد كرَّست وقتها كله للتعلم، ولتثقيف نفسها في شتى المعارف، وهذه المعرفة -وإن كانت قد أفادتها كثيرًا في قصر شهريار، وأنقذت عنقها من سيف قودان- إلَّا أنها لن تجديها فتيلًا في وسط مجتمع بسيط، يحسب قيمة الإنسان بما تستطيع أن تنتجه يداه، وبما يجيده من حرفٍ وصنائع، ولكي تندمج شهرزاد وتنغمس في مجتمعها الجديد، فقد ركَّزت كل قواها من أجل أن تتعلم نظمه ومتطلباته،

وجنَّدت كلَّ ذكائها ومواهبها لكي تُلِمَّ سريعًا بأصول أشياء كانت إلى وقتٍ قريبٍ تعتبر بالنسبة لها من الأسرار والطلاسم الغامضة، مثل طهي الطعام وإعداد أصنافٍ من الحلوى وصنع المشروبات!

وبفضل إرادتها وإصرارها على التعلُّم، سرعان ما ألمَّت بالقواعد الأساسية؛ وأجادت صنع الأطعمة البسيطة والحلوى السائغة سهلة الإعداد، ثم بدأت في تعلُّم كيفية تقطيع قطع الخشب وتسويتها ورصِّها بانتظام لاستخدامها في البناء، وعرفت طريقة طبخ الطوب اللبِن وضرب الطابوق، كما بدأت ـ في نفس الوقت ـ في الغوص في طرق طهي الأطعمة الدسمة المعقدة، وأطباقِ الحلوى اللوذجية الرائعة، ولم يكن ينغِّص على شهرزاد فرحتها سوى خوفها وقلقها على أسرتها ..

****

لم يكن هناك ما يعكِّر على شهرزاد فرحتها بالإفلات من إسار شهريار وقيوده المُحكمة، سوى خشيتها من أن ينزل شرٌّ مستطيرٌ بساحة أسرتها البائسة؛ وخاصةً أباها الوزير عبدان؛ فمنذ اللحظة الأولى التي فرَّت فيها شهرزاد من القصر الشاهنامي وهي تدرك أنَّ هروبها سيكون وبالًا على ذويها جميعًا وكارثةً على رؤوسهم، وكانت تعرف شهريار جيدًا، وتعرف أنه لا يستقصى حكمًا ولا يعدل في قضية ولا يبحث عن الحق، بل سيصب جامَّ غضبه على جميع أهلها ومعارفها، فإن لم يتهمهم بتهريبها فسوف يتهمهم بالتواطؤ معها، وإن لم يتهمهم بالتواطؤ اتهمهم بإخفائها والتستر عليها!.

ولكن شهرزاد كانت تعرف أنَّ أسرتها لن تكون أسعد حالًا لو أنَّ شهريار عاوده جنونه القديم، وأمر بقتلها؛ لأنَّ الشاهنشاه اعتاد أن يطير رأس الفتاة التي يتزوجها، ثم يلي على ما في أسرتها من نساءٍ وبنات، حتى يأتي عليهن جميعا!

والجميع يعرفون قصة فتاةٍ جميلةٍ تُدعى (زاره)، تزوجها شهريار لليلةٍ واحدةٍ، ثم أسلمها لجلاديه في اليوم التالي مباشرة! وما إن عرف أهلها التعساء بذلك حتى أقدم أبوها الحزين على تزويج جميع بناته الست الباقيات دفعةً واحدة من أولاد أعمامهن، خوفًا من يأخذهن الشاهنشاه واحدةً وراء الأخرى!

وأسرة الوزير عبدان ـوالد شهرزادـ تضمُّ إحدى عشرة درَّةً يانعةً من درر الجمال والكمال، وحرام أن تضيع أرواحهن على مذبح جنون شهريار، ودمويته وحقده على جنس النساء؛ أما هروبهاـ فكَّرت شهرزادـ إنَّه وإن كان سيجلب الكثير من المصائب على أسرتها وأبيها، إلَّا أنَّ اهتمام شهريار بأمرها وانغماسه في البحث عنها، وعن طفلته الوحيدة أولًا، سيلهيه مؤقتًا عن ولعه بالزواج القصير الذي لا يستمر سوى ليلةٍ واحدة؛ وسفك دماء العرائس بعدها، حتى يهديه الله، أو يجعل للمملكة مخرجًا من حكمه البغيض..

وما إن وصلت شهرزاد في تفكيرها إلى هذا الحدِّ حتى استراحت تمامًا، وقررت ألا تعود إلى القصر الشاهنامي حتى تربي ابنتها الوحيدة بعيدًا عن الصراخ والفزع والدماء.. وحينئذٍ اتخذت شهرزاد قرارًا آخر لا يقل خطورةً

عن قرارها بالهروب من قبضة شهريار؛ وهو أن تحاول مغادرة هذه المدينة في أسرع وقتٍ، وتبتعد على قدر ما تستطيع؛ فلم يكن عقلها ليوافقها على أن تبقى للأبد على مرأىً ومسمع من الخطر المخيف، بل خُيِّل إليها أنها لن تأمن تمامًا عَلَى نفسها إلا إذا غادرت المملكة كلها، وفي يومٍ صحَّ عزمها على الرحيل، فحملت طفلتها وودعت الرجل القصَّاص الطيب (بهادر) وأسرته، وراحت تدعو في نفسها لأسرتها بالرحمة وانقضاء أزمتها على خير.. ومضت شهرزاد تضرب في أرض الله الواسعة، تنشد الأمن والسلام، وقد استراحت نفسها.. وخُيِّل إليها أنَّ قرارها هذا خالٍ تمامًا من الأنانية!.

انتهى رجال الشاهنشاه تمامًا من إعداد جميع الترتيبات التي أمر بها مولاهم لاستقبال البختيار مادان، وذهب رجال البلاط الشاهنامي إلى حدود المملكة لاستقبال خان البغدان، وكان من المقرَّر أن يصل مادان إلى حدود مملكة شهريار في صباح أحد الأيام، وانتظر رجال الشاهنشاه ومعهم عامل الحدود تشريف الخان، ولكن اليوم انتصف ولم يصل الخان بعد!.

وما لبث الليل أن أرخى سدوله على الأرض، وما زال البختيار (مادان) لم يصل بعد، وفي صباح اليوم التالي أرسل الوزير عبدان ـالذي كلفه شهريار بأن يكون على رأس مستقبِلي البختيار مادانـ أحد عيونه ليتفقَّد موكب الخان، فلم يقع له على أثر!

وبواسطة الحمام الزاجل علم شهريار بالخبر الغريب سريعًا، فأرسل إلى وزيره يأمره بالبحث الفوري عن البختيار ومرافقيه، وإرسال فرقةٍ من جيش الحدود للعثور على خان البغدان خشية أن يكون الرجل قد تعرَّض موكبه لهجوم (الشطار)، الذين يقيمون في شعاب الجبال ويقطعون الطريق على السابلة، فيقتلونهم ويسبون نساءهم ويستولون على ما يحملونه معهم من جواهر وأمتعةٍ ودوابٍ؛

أو أن يكون الموكب قد ضلَّ وسط دروب الصحراء ومسالكها الوعرة المتشعبة، وانطلقت فرقةٌ من قوات

الحدود تنفيذًا لأوامر شهريار، ولكن أسبوعًا آخر مضى ولم تصل أية أخبار عن البختيار مادان، ولا عن الفرقة التي انطلقت للبحث عنه!

ولكن فجأة عاد بعض رجالٍ من الفرقة ممزَّقي الثياب، نمت لحاهم، وعيونهم مغطاةٌ بالرمد ومملوءةٌ بالرمال وأتربة الصحراء، وقالوا أنهم ذهبوا للبحث عن البختيار مادان، وتوغلوا في الصحراء لمسافاتٍ بعيدة؛ فإذا بهم قد وجدوا أنفسهم مقبوضٌ عليهم ومحاصرون من جيشٍ عرمرم، بتهمة اختراق حدود مملكةٍ قائمةٍ في الصحراء، لايعرفونها، ولم يسمعوا عنها من قبل!

ووصلت الأخبار إلى شهريار فجنَّ جنونه وتضاعفت همومه، وأوحت له رعونته بأن يقود الجيش بنفسه ـوهو ما لم يفعله من قبل أبدًاـ ليحقق هدفين: يقضى على تلك المملكة الغريبة التي قامت في صحراء مملكته دون أن يدرى أو يحسَّ؛ والهدف الثاني هو أن يعرف بنفسه مصير البختيار مادان خان (البغدان)، الذي كأنَّما انشقت الأرض وابتلعته!

وبالفعل وصل شهريار إلى الحدود بعد مرور ثلاثة أسابيع على وقوع تلك الحوادث المثيرة، التي يلفها الغموض، وأصدر شهريار أوامره فعبَّأ عماله على المدن كل قواتهم من جنودٍ وحرس، وتدفقوا على المعسكر الذي ضُرب للشاهنشاه على حدود مملكته، وفي خلال عشرين يومًا أخرى تكامل الجيش، ووصل عدده إلى مائةٍ وثمانين ألف جنديٍ، وحدد شهريار فجر يومٍ معين لبدء الزحف.

****

ولكن قبل أن ينبثق أول خيطٍ من خيوط فجر هذا اليوم، صحا المعسكر على جلبةٍ عالية، تصاعدت حتى وصلت إلى خيمة الشاهنشاه وأيقظته من سباته العميق؛ وسرعان ما تسربت الأخبار الغريبة بين الخيام، وحول الجنود النائمين والقدور والنيران القليلة المبعثرة هنا وهناك، وعلم الجميع أنَّ البختيار (مادان) قد وصل إلى المعسكر فجأة في حالةٍ طيبة من الصحة ومزاج معتدل، لم يتعرض لهجومٍ ولا سطوٍ، ولم ينقص من أمتِعته ولا الجواهر التي يحملها معه شيءٌ!..

ولكنه جاء أيضًا مبهور الأنفاس والذهول يغطي ملامحه، وعندما وصل مادان إلى خيمة الشاهنشاه شهريار شدَّ على يده بحرارةٍ، ثم مال على أذنه وأسرَّ إليه ببضع كلماتٍ، أمر شهريار على إثرها بإخلاء الخيمة الشاهنامية من جميع الموجودين فيها؛ عداه هو وخان(البغدان)، وعندما خلت الخيمة ممن فيها ـ عداهما هما الاثنين ـ قال البختيار مادان بصوتٍ مبهورٍ تكاد الإثارة تأخذ بأنفاسه:

ـ لا تؤاخذني يا صديقي على تأخري عن الحضور؛ ولكني أيها الشاهنشاه المعظم، قد مررتُ في طريقي إليك بالعجب العجاب، ورأيت مالا أعتقد أنَّ إنسًا أو جنًّا، قد رآه من قبل!

وتنبهت حواس شهريار جميعها، وأرهف أذنيه جيدًا، وأخذ يسمع بلذةٍ غريبةٍ ودهشة متزايدة للقصَّة العجيبة، التي راح البختيار مادان يقصُّها على مسامعه!.

اذكر اسم أكثر شخصية أعجبتك في هذا العدد ولماذا؟

اذكر اسم أكثر شخصية لم تعجبك في هذا العدد ولماذا؟

اقترح موضوعات تحب أن تقرأها في الأعداد القادمة لسلسلة أكوان للخيال العلمي.

قم بمسح هذا الكود لتراسلنا بهذه النسخة بعد
تصويرها من خلال واتس آب الدار